ENQUÊTES AU MUSÉUM

Les maléfices de la gorgone

Laurence Talairach
Illustré par Titwane

plume de carotte

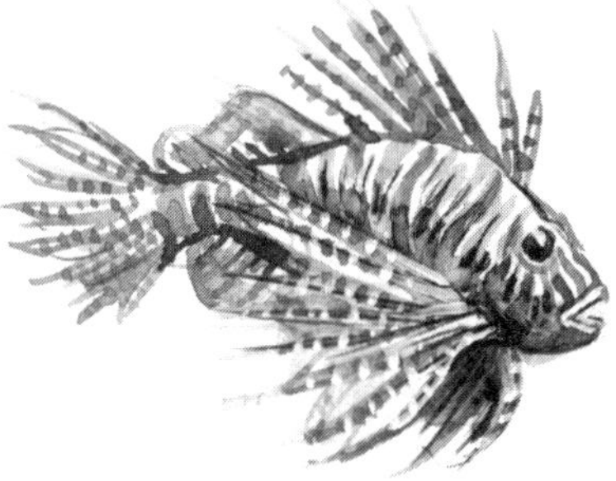

— Chapitre 1 —

D'ÉTRANGES CORRESPONDANTS

Zoé était en poste devant le muséum depuis maintenant un bon quart d'heure. Elle s'était abritée de la pluie comme elle le pouvait sous un porche et gardait les yeux rivés sur les véhicules qui passaient dans la rue Sainte-Catherine. Si ses renseignements étaient corrects, la livraison n'allait pas tarder à avoir lieu...

Quelques jours auparavant, lors d'un de ses multiples après-midi passés au muséum, Zoé avait eu vent par le plus grand des hasards d'une information de tout premier ordre. Tandis qu'elle se tenait devant une vitrine où des rascasses volantes se coursaient entre des anémones multicolores, deux techniciens étaient passés vérifier la température de l'eau dans les aquariums. Ils avaient discuté de leurs week-ends et vacances à venir pendant quelques minutes, avant de mentionner subitement l'arrivée imminente d'un lot de spécimens en provenance des îles Salomon. Ceux-ci, avaient-ils ajouté, leur seraient envoyés par leurs correspondants, un couple de scientifiques renommés en poste dans le Pacifique depuis presque dix ans maintenant. Les correspondants en question leur envoyaient, semble-t-il, des objets de façon régulière, augmentant leurs collections au fil des années.

Puis les techniciens avaient continué à parler de ces correspondants, mais s'étaient mis à chuchoter pour ne pas être entendus du public qui gravitait autour d'eux. Intriguée par leur attitude, Zoé s'était alors faufilée entre les visiteurs pour se rapprocher et essayer de comprendre le mystère qui semblait entourer ces fameux correspondants postés dans le Pacifique dont on ne pouvait pas parler tout haut.

Ce jour-là, le muséum était bondé. Des familles avec de nombreux enfants paraissaient s'être donné rendez-vous en ce lieu, sans doute parce qu'il pleuvait et qu'il était difficile d'emmener tous ces bambins jouer au parc de la Pépinière. Le muséum avait l'avantage d'être abrité et bien chauffé. Il suffisait donc aux parents de lâcher leurs garnements dans les galeries pour pouvoir flâner tranquillement derrière sans avoir peur de les perdre entre les arbres ou de les retrouver couverts de boue de la tête aux pieds !

Sauf que les troupes de mouflets au-nez-qui-coule n'étaient pas forcément du goût de Zoé, qui aimait bien pouvoir observer les collections dans le calme sans se retrouver bousculée à droite ou à gauche, ou avoir les tympans brisés par des cris d'enfants tout excités. Les poissons-clowns qui défilaient sous ses yeux se moquaient bien du brouhaha des galeries, nageant au centre de leur arène sans prêter attention à ce qui se passait hors de leur chapiteau. En plus, si des techniciens se mettaient à mentionner de mystérieux correspondants du Pacifique sans qu'elle puisse capter de qui il s'agissait, la situation devenait carrément insupportable.

Zoé bouillonnait. Les deux hommes avaient arrêté de parler. Ils observaient en silence une colonie d'étoiles de mer agrippées à la vitre de l'aquarium. Elle se cala juste à côté d'eux et attendit patiemment qu'ils reprennent leur discussion, croisant les doigts pour qu'ils poursuivent sur le même thème.

Son vœu fut rapidement exaucé. Une fois la dernière famille partie en trombe au fond d'une autre galerie, la conversation reprit là où elle s'était arrêtée. Ignorant que Zoé se tapissait dans l'ombre à quelques mètres derrière eux, ils se mirent à parler un peu plus fort.

« Tu n'as jamais eu l'occasion de les rencontrer, mais ça fait à peu près dix ans que nous sommes en contact avec eux. Tout se fait par un étroit réseau d'intermédiaires afin d'assurer un maximum de sécurité. Il est en effet impératif qu'ils demeurent anonymes pour ne pas risquer de mettre en péril tout le circuit qui a été mis en place pour les espèces qui nous arrivent de là-bas.

– C'est un véritable film d'espionnage, ton truc, dis donc !

– Tu ne crois pas si bien dire ! Cette livraison a failli capoter plusieurs fois. Mais je pense que cette fois-ci nous touchons enfin au but…

– Ce serait extraordinaire ! J'ai vraiment hâte de voir ça. Combien avez-vous réussi à en maintenir en captivité jusqu'ici ?

– Très peu. Elles sont assez farouches, pour tout t'avouer, et elles demandent une attention de tous les instants. Mais nous avons peut-être trouvé un moyen de les amadouer…

– En tout cas, il ne faudra pas trop traîner. La livraison est prévue mercredi à 15 h et tout doit être fin prêt pour les accueillir. Sinon, je ne donne pas cher de ta peau si le moindre malheur leur arrive !

– Ne m'en parle pas ! À croire qu'elles s'amusent à nous jeter des sorts dès qu'on cherche à les apprivoiser. Nos correspondants nous ont d'ailleurs prévenu de faire très attention à ne pas les laisser sans surveillance trop longtemps… »

À ce moment-là, Zoé sentit son nez la chatouiller de plus en plus. Elle se frotta le bout des narines en espérant faire cesser ses démangeaisons. Rien à faire. Un éternuement gigantesque se préparait. Il fallait absolument qu'elle se retienne si elle ne voulait pas attirer l'attention sur elle. Elle recula de quelques centimètres et se pinça très fort les ailes du nez. La douleur lui fit monter les larmes aux yeux. Mais c'était trop tard. Ses narines se rebellèrent et elle ne put retenir son éternuement.

« Ah... ah... tchah ! »

Les deux hommes sursautèrent et se retournèrent instantanément.

« Oh ! À vos souhaits, jeune fille ! », déclara l'un d'entre eux.

Le second lui fit un signe de tête pour lui suggérer de se déplacer un peu plus loin pour pouvoir poursuivre leur conversation dans l'intimité. Zoé les regarda s'éloigner. Ils continuaient à discuter mais de là où elle se trouvait, elle ne pouvait plus capter que des bribes de conversation. Sa chance d'en savoir un peu plus sur l'arrivée de mystérieux spécimens des îles Salomon, qui plus est « farouches » et envoyés par des correspondants exigeants, venait de s'envoler.

Au moins, elle avait pu entendre le jour et l'heure de la livraison. Mais il lui restait à savoir où celle-ci aurait lieu exactement.

Les raisons de l'intérêt de Zoé pour tout ce qui touchait au Pacifique étaient fort simples. Lorsqu'elle était encore toute petite, ses parents, tous deux ornithologues, collectionneurs invétérés et revendeurs de curiosités en tout genre, avaient voyagé à travers toutes les îles du Pacifique.

Mais tandis qu'ils parcouraient les mers sur une vieille goélette à deux mâts, ils avaient subitement disparu au niveau de la côte est de la Nouvelle-Zélande. Zoé avait alors été confiée à une vieille tante grincheuse de la famille et recevait tous les mois sur son compte en banque une petite somme d'argent dont elle ignorait totalement la provenance.

Un jour, sans doute lui dirait-on toute la vérité sur l'étrange disparition de ses parents – une disparition qui n'avait jamais eu l'air d'inquiéter plus que cela les gens de son entourage.

En attendant, Zoé vivait avec sa vieille tante, qui dormait à longueur de journée devant son poste de télévision. Mais la jeune fille ne manquait jamais une occasion d'en apprendre un peu plus sur les îles du Pacifique, au cas où elle tomberait sur un précieux indice qui la mettrait enfin sur la piste de ses parents disparus. Elle avait en effet décidé que si personne ne lui racontait ce qui leur était véritablement arrivé, elle le découvrirait par elle-même, dût-elle arpenter tous les muséums du monde et lire les livres de toutes les bibliothèques pour comprendre ce qui s'était vraiment passé le jour de leur disparition.

Ces derniers mois, Zoé avait tout de même réussi à amasser quelques indices de taille. Elle avait tout d'abord identifié plusieurs îles du Pacifique sur lesquelles ses parents avaient apparemment séjourné. Puis elle était tombée à différentes reprises sur le nom d'un collectionneur que ses parents connaissaient et qui avait envoyé des objets à l'un des muséums qu'elle avait récemment visités. La correspondance de ses parents trouvée dans l'une des malles du grenier de sa vieille tante mentionnait le nom de ce collectionneur et elle était persuadée que l'homme en question devait être un intermédiaire important dans l'échange ou le commerce d'objets naturalistes. Le seul problème était que même si elle avait identifié l'homme, elle n'avait aucune idée de l'endroit où il habitait pour pouvoir le retrouver et l'interroger.

Ensuite, elle avait cru reconnaître un jour au détour d'une visite l'écriture de sa mère sur une caisse entreposée dans les réserves d'un musée. Tous ces indices accumulés lui soufflaient chaque jour à l'oreille que ses parents étaient toujours en vie, quelque part dans une région reculée du globe, et qu'il fallait qu'elle parvienne à comprendre le secret de leur disparition pour pouvoir les retrouver – ou peut-être même les délivrer. Elle frissonna à l'idée qu'ils pouvaient peut-être être prisonniers quelque part...

Tout cela expliquait donc pourquoi les marchandises en provenance du Pacifique envoyées par des « correspondants » anonymes pouvaient éventuellement lui fournir un indice supplémentaire. Qui sait ? Ils avaient peut-être un lien avec ses parents ? Eux aussi avaient jadis envoyé bien des espèces aux muséums du monde entier. Ils ne pouvaient pas ne jamais avoir entendu parler de ses parents.

Mieux encore : ils savaient peut-être s'ils étaient encore vivants et où ils se trouvaient !

— Chapitre 2 —

CHEVEUX AU VENT

Il était maintenant plus de 15 heures et la pluie tombait de plus en plus fort sur la ville. De nombreux véhicules passaient devant le muséum mais aucun ne s'était pour l'instant arrêté. Zoé commençait à perdre patience. Elle aurait sans doute mieux fait de partir à la bibliothèque se renseigner davantage sur les îles Salomon. Ou bien d'aller faire un tour aux archives pour tenter de dénicher les coordonnées du collectionneur dont elle avait repéré le nom.

Elle était sur le point d'abandonner son poste quand une camionnette apparut au bout de la rue. Cela devenait fort intéressant : qui dit camionnette dit souvent livraison…

Elle sentit son cœur accélérer dans sa poitrine. Le véhicule avançait très lentement le long de la rue Sainte-Catherine. Elle détailla le chauffeur. Il n'avait pas l'air de savoir précisément où il allait. Il regardait à droite, puis à gauche, s'arrêtant sur chaque numéro d'immeuble. En arrivant à proximité du muséum, il parut se redresser soudain sur son siège. Il activa l'un de ses clignotants et monta sur le trottoir pour garer la camionnette devant les grilles du jardin botanique. Il éteignit le moteur et enclencha les feux de détresse. Zoé le vit chercher quelque chose sous son siège. Puis il sortit de l'habitacle.

Il fit le tour du véhicule et ouvrit les deux portes arrière. À l'intérieur, des caissons en polystyrène étaient entassés les uns sur les autres. Il monta dans la camionnette et disparut au milieu des caisses. Zoé l'observait attentivement. Elle scrutait tous ses mouvements, à l'affût du moindre indice. Chaque caisson était étiqueté, mais de là où elle se trouvait, elle ne parvenait pas à lire les adresses. Certains caissons avaient peut-être fait le tour du monde avant d'arriver jusqu'ici.

Soudain, l'homme réapparut, une énorme caisse entre les bras. Il s'avança jusqu'à la sortie de la camionnette et la posa sur le sol. Il sauta à l'extérieur du véhicule et se retourna, sans doute pour reprendre la caisse. Mais au lieu de la soulever, il se contenta de l'ouvrir et de farfouiller à l'intérieur. Quelques secondes plus tard, il en sortit deux sacs plastique. Il les plaça dans un nouveau caisson qu'il cala sous l'un de ses bras avant de refermer les portes de la camionnette et de pénétrer dans le muséum.

Zoé avait à peine eu le temps de voir ce que l'homme avait mis dans le caisson. À travers le film plastique d'un des sacs, il lui avait semblé voir une chevelure désordonnée.

« Mais c'est quoi ce machin ? se dit-elle tout haut. Je n'ai pas rêvé ! Le sac était plein de… cheveux ? Ce livreur est chargé d'apporter une tête coupée au muséum ? Bon, d'accord, le sac n'était pas suffisamment grand pour contenir une personne en entier. À moins que ce ne soit un monstre avec un corps de lilliputien ? Et s'il s'agissait d'une simple perruque ? Quel étrange envoi en tout cas... »

Les questions fusaient dans la tête de Zoé, qui ne lâchait pas l'homme des yeux. Il lui tournait maintenant le dos et venait de passer les portes d'entrée du muséum. Il fallait qu'elle en sache un peu plus, surtout si ce précieux envoi provenait du Pacifique. Elle traversa la rue pour essayer d'apercevoir le contenu de la camionnette.

Zoé était trop petite pour voir à travers la vitre arrière du véhicule. Elle se hissa sur la pointe des pieds. Elle distinguait à peine les derniers caissons tout en haut de la pile. Pas de doute, la cargaison venait bien des îles Salomon, des étiquettes en grosses lettres l'indiquaient clairement. Elle colla son nez à la vitre pour essayer de déchiffrer le nom et l'adresse de l'expéditeur. Mais impossible de lire quoi que ce soit ! Les indications étaient minuscules et la saleté sur la vitre ne rendait pas sa tâche particulièrement aisée.

Au moment où elle allait tenter d'ouvrir les portes arrière – avec un peu de chance, le chauffeur avait peut-être omis de verrouiller le véhicule –, son téléphone portable se mit à vibrer dans sa poche. Elle recula de quelques mètres pour l'attraper et répondre.

« Oui ?

– Zoé, c'est Alice. J'ai une super-nouvelle à t'annoncer !

– Pas aussi sensationnelle que la mienne, je parie !

– Attends, écoute-moi d'abord. Voilà : mes parents ont décidé de faire le pont à partir de ce soir et de partir en week-end au bord de la mer.

– Super ! À vous les palmes, masques et tubas alors ?

– Non, non, pas du tout. Ils partent en week-end... mais sans nous !

– C'est une blague ?

– Non. Ils se sont concocté un long week-end en amoureux. Rien que tous les deux. Clarence est vert de rage. Il avait déjà préparé son sac de voyage avec maillot de bain, seau, pelle et ses moules étoiles de mer. »

Zoé éclata de rire. Quelques passants sur le trottoir se retournèrent sur son passage.

« Donc si je comprends bien, c'est surtout une mauvaise nouvelle, n'est-ce pas ? Vous êtes privés de baignades et de plongeons dans les vagues ? C'est pas très sympa pour vous, quand même...

– Au contraire, j'ai sauté de joie en l'apprenant. Car c'est Emma qui vient nous garder... »

Zoé comprit instantanément ce que cela signifiait. L'arrivée d'Emma changeait radicalement l'histoire. La baby-sitter d'Alice et de Clarence n'était pas vraiment ce que l'on pouvait appeler une nounou ordinaire. D'abord, elle était plutôt étourdie – du genre à mettre les tartines au réfrigérateur et le beurre dans le grille-pain. Ensuite, elle avait toujours pour habitude, dès qu'elle arrivait pour garder Alice et Clarence, de se caler au fond du canapé du salon et d'allumer absolument tous les écrans qu'elle trouvait : télévision, ordinateurs, tablettes, smartphones et autres gadgets à écran. Elle était « câblée », comme elle disait, et passait plus de temps à communiquer avec ses amis qu'à véritablement surveiller les enfants dont elle avait la charge. Le week-end promettait donc d'être génialissime.

« Compris 5 sur 5, Alice. Je file prendre mon pyjama et ma brosse à dents et je débarque chez vous jusqu'à dimanche soir. J'ai déjà une petite sortie à vous proposer. Et je pense que Clarence ne regrettera en rien ses pâtés de sable sur la plage. J'ai un plan formidable en réserve ! »

Elle raccrocha sans même laisser le temps à Alice d'ajouter quoi que ce soit. Il fallait faire vite. La livraison n'allait pas durer des heures et elle devait absolument parvenir à savoir ce que contenaient les caissons en provenance des îles Salomon, et qui les avait vraiment envoyés. Elle remonta la rue en courant pour passer chez sa vieille tante récupérer en vitesse toutes ses affaires et arriver au plus vite chez sa meilleure amie.

— Chapitre 3 —

UNE DÉCOUVERTE… MÉDUSANTE

Zoé n'eut pas le temps de sonner à l'interphone qu'Alice avait déjà ouvert la porte d'entrée de l'immeuble. Alice et Clarence habitaient un appartement tout biscornu sur quatre niveaux. Les étages étaient desservis par un escalier en bois qui avait pour habitude de toujours grincer lorsqu'on posait les pieds dessus. Les parents avaient leur chambre à coucher au premier étage, les enfants au deuxième, et le troisième était un grand grenier où un vieux canapé avait été installé pour regarder la télévision. Tous les jouets des enfants étaient également entreposés sous les combles, faisant de l'endroit une véritable salle de jeux, suffisamment éloignée des parents pour pouvoir faire les fous à toute heure du jour ou de la nuit.

En pénétrant dans l'appartement, Zoé vit qu'Emma avait déjà installé tous ses petits copains électroniques autour d'elle. Elle était avachie au fond du canapé du salon, deux tablettes sur les genoux, son téléphone portable à la main et l'ordinateur allumé sur la table basse. L'écran de télévision laissait, quant à lui, défiler les derniers matchs d'une équipe de basket féminine. Elle ne s'aperçut même pas qu'Alice et Clarence recevaient leur amie.

« Grimpons sans attendre au grenier ! Nous serons plus tranquilles », dit Alice en se mettant les mains sur les oreilles pour atténuer le tintamarre qui provenait de la télévision.

Emma ne semblait pas plus dérangée que cela et portait un casque relié à son ordinateur, sans doute pour écouter en simultané de la musique à plein tube.

Les trois enfants s'enfermèrent dans le grenier. Dans un angle de la pièce, le chinchilla de Clarence, Archibald, dormait dans sa cage. Le jeune garçon se jeta sur le canapé, faisant voler les coussins tout autour de lui.

« Clarence, ne commence pas, tu veux ? Sinon, on te redescend dans le salon et on te laisse avec Emma...

– OK, c'est bon. De toute façon, on va s'ennuyer tout le week-end pendant que les parents barbotent dans l'eau de mer, les orteils en éventail dans le sable... grommela-t-il.

– Écoute un peu au lieu de te plaindre : j'ai déjà annoncé à ta sœur que j'avais moi aussi un plan barbotage génial », répliqua Zoé.

Clarence eut un léger regain d'intérêt et redressa la tête qu'il venait d'enfoncer entre de gros coussins.

« Il y a bien une piscine pas trop loin. Mais je ne suis pas sûre que Clarence s'en contente », dit Alice.

– Oh non, rien à voir avec la piscine. Mon idée est bien plus chouette. Ton frère va adorer ! »

Zoé s'arrêta net. Faisait-elle durer le suspense par plaisir ?

« Alors, tu annonces la couleur ou on dort ici ? finit par laisser échapper Clarence, qui adorait imiter les expressions de son père pour avoir l'air plus grand.

– Ça vient. Attends donc une minute. Je réfléchis. »

Alice et Clarence gardaient les yeux rivés sur Zoé, impatients de savoir ce qu'elle allait leur proposer cette fois-ci.

« Voilà. Je viens de passer devant le muséum-aquarium et il se trouve qu'ils ont reçu il y a une petite heure une cargaison toute spéciale des îles Salomon.

– Et quel rapport avec ton plan d'enfer ? Tu comptes nous proposer de faire le voyage retour avec les marchandises ?

– Presque. J'ai l'intention d'aller voir de plus près les marchandises en question...

– Oh ! Tu parles d'une expédition ! T'as pas plus exotique à proposer ? Tu comptes installer ta serviette de plage entre les aquariums, dis ?

– Si tu savais ce que je viens d'apercevoir, tu ne ferais pas tant le malin, Clarence.

– Et quoi donc ? Vas-y, annonce pour voir...

– Très bien, tu l'auras voulu. Le chauffeur a sorti de sa camionnette un sac plastique dans lequel un drôle de truc flottait.

– Bof, je les connais tous, moi, les poissons du muséum-aquarium, franchement pas de quoi être impressionné... Ils n'ont pas la moindre baleine, ni même un rorqual. Quant à avoir des requins...

– Sauf que cette fois, ce n'était ni un cétacé, ni un requin. Et encore moins un poisson.

– Allons bon. Ils ont opté pour des chèvres, des cochons et des coqs de basse-cour ? Ça risque de jurer un peu avec le reste...

– Arrête, Clarence, ce n'est pas une plaisanterie. Je n'ai pas vu précisément, mais ce que j'ai aperçu aurait franchement eu de quoi te faire trembler sur tes petites jambes. »

Le petit garçon replongea instantanément la tête au milieu des coussins.

« Zoé...Tu vas encore lui ficher la frousse.

– N'importe quoi ! répliqua Clarence en relevant la tête. Zoé ne me fait pas peur, d'abord. Je suis bien plus fort qu'elle.

– Certainement pas face à une tête coupée...

– Une... quoi ? C'est encore une de tes mauvaises blagues ? »

Zoé eut l'air d'hésiter une seconde. Il était vrai qu'elle n'avait pas vraiment eu le temps de voir ce que le chauffeur avait sorti du véhicule. Mais elle était cependant certaine d'avoir vu des cheveux. Et des cheveux ne pouvaient que se trouver accrochés à une tête. Sauf que là, la taille du sac plastique ne permettait pas d'y faire entrer un corps tout entier.

Alice vit que sa meilleure amie avait soudain l'air bien moins sûre d'elle que d'habitude. Elle en profita pour tenter d'éclaircir la situation et éviter que son petit frère se mette à paniquer.

« Ça ne devait pas être une tête coupée, Zoé... Ils n'ont pas ce genre de choses au muséum-aquarium.

– Peut-être... Mais en tout cas, il y avait plein de cheveux. Et ils flottaient dans un liquide qui ressemblait à de l'eau.

– Alors ça devait être un poisson..., répondit Alice d'une voix sage et posée.

– Mort de rire ! Un poisson qui avait

enfilé une perruque ? s'exclama Clarence. Elle est bien bonne, celle-là ! Il s'est cru au carnaval de Rio ?

– Tu as peut-être confondu avec des épines dorsales ? Tu sais, comme sur les poissons-diables.

La question d'Alice laissa Clarence songeur. Il imagina un poisson rouge vermillon, deux oreilles taillées en pointe sur le haut de la tête. Les diables qu'il avait vus dans les livres n'avaient pas vraiment beaucoup de cheveux sur le haut du crâne.

« Non, je suis sûre de ce que j'ai vu. C'étaient bien des cheveux !

– Et moi je suis sûre que tu te trompes. Ça pourrait très bien être une espèce aquatique... comme... euh...

– Alors ? Comme quoi... ? »

Alice tenta de réfléchir à toute allure pour trouver une réponse satisfaisante. Tout à coup, une idée lumineuse lui vint à l'esprit.

« Comme... comme... comme une gorgone, tiens ! »

Le mot « gorgone » claqua dans le grenier. Zoé eut un sursaut de surprise et Clarence ravala tout à coup sa salive sans prononcer un seul mot. Après quelques instants d'un lourd silence, les filles le virent se lever du canapé et aller attraper son chinchilla pour le caler au creux de son bras. L'animal, qui dormait paisiblement, ne broncha même pas et continua sa sieste. Zoé, pendant ce temps, restait songeuse. Alice avait peut-être raison.

« Ce n'est pas bête du tout, Alice. Ça aurait bien pu y ressembler. Je n'ai jamais vu de méduses là-bas, mais des gorgones, ce ne serait pas impossible ! »

À ces mots, Clarence arrêta carrément de respirer. Il fixa les filles du regard un long moment, puis décida qu'il était temps pour lui de s'éclipser. Il prétexta une envie pressante pour regagner sa chambre et tenter de maîtriser les images qui affluaient dans sa tête depuis que sa grande sœur avait prononcé le mot « gorgone » et Zoé celui de « méduse »...

— Chapitre 4 —

PROTECTION ANTI-MONSTRES

Depuis qu'il était tout petit, Clarence savait que les gorgones étaient des monstres tout droit sortis des enfers. Il les avait croisées dans plusieurs livres de sa bibliothèque et il se rappelait que sa maman lui avait lu des histoires dans lesquelles les gorgones menaçaient toujours les jeunes demoiselles en détresse. Il attrapa son livre de légendes pour vérifier à qui il risquait d'avoir affaire. Il regarda la table des matières et fit défiler les pages à toute allure pour arriver jusqu'au chapitre sur les gorgones. Il y avait plusieurs pages de texte qui expliquaient toute l'histoire de ces créatures capables de pétrifier leurs adversaires du regard. Il lut attentivement toute la description en s'aidant de son index pour ne pas sauter la moindre ligne. Il ne manquait plus qu'il se retrouve changé en statue de sable... Plusieurs images illustraient le texte du chapitre. L'une d'entre elles était terrifiante : elle représentait un monstre la gueule grande ouverte, des serpents dressés sur la tête, des dents acérées qui dépassaient des lèvres et des ailes plantées dans le dos.

Clarence se rapprocha de la page pour être sûr de ce qu'il voyait et sentit un soupçon de terreur l'envahir peu à peu. Le titre de l'illustration indiquait que cette gorgone-là portait le nom de « Méduse ». Gorgone ou Méduse, il n'avait absolument aucune chance contre une créature aussi repoussante. Comment parvenir à décapiter un monstre pareil avant qu'elle ne le pétrifie ?

Une idée germa tout à coup dans son esprit. Il se précipita vers sa commode et ouvrit le tiroir supérieur. Toutes les affaires d'été étaient rangées là : son maillot de bain, sa casquette, son chapeau en paille pour la plage... et sa collection de lunettes de soleil.

Il attrapa une paire de lunettes vert fluo aux verres teintés et les brandit à la lumière. Voilà une arme imparable. S'il se protégeait les yeux avec ça, ni les gorgones ni les méduses ne pourraient rien contre lui. Et elles n'auraient qu'à bien se tenir !

Rassuré, il reprit son livre pour en savoir un peu plus sur elles.

Une des questions qui le taraudaient le plus était de savoir où les gorgones vivaient exactement. Le livre expliquait qu'elles avaient élu domicile au bord de l'Océanos, un grand fleuve qui entourait la Terre. Il essaya de réfléchir calmement. Il y avait bien deux rivières près de là où il habitait, qui se croisaient à la sortie de la ville. Peut-être formaient-elles une partie de cette fameuse ceinture qui entourait la Terre ? Cela signifiait que sa ville se situait carrément au niveau de la boucle de la ceinture, à l'endroit même où toutes les créatures fabuleuses devaient se donner rendez-vous pour être certaines de ne pas se rater ! La panique gagna une fois de plus le petit garçon. Il referma le livre d'un coup sec pour ne plus avoir les illustrations de gorgones sous les yeux. Comment allait-il pouvoir rester calme en attendant que les filles lui annoncent qu'elles avaient mis sur pied leur nouvelle expédition ?

Il enfila ses lunettes et se regarda dans le miroir de sa chambre pour voir s'il pouvait terrifier les monstres, lui aussi, d'un seul regard. Avec le pyjama bleu à rayures rouges qu'il n'avait pas quitté de la journée, la monture vert fluo des lunettes n'était pas du meilleur effet. Qu'à cela ne tienne, le principal était de bien dissimuler ses yeux. Il décida alors de remonter au grenier afin de montrer aux filles sa trouvaille pour lutter contre les gorgones.

Alice et Zoé étaient en pleine préparation de leur plan d'attaque. Elles étaient agenouillées sur le sol, penchées en avant sur une grande feuille A3 sur laquelle Zoé avait dessiné le plan du muséum. Clarence se racla la gorge pour attirer leur attention. Zoé restait concentrée sur sa feuille, un crayon à papier en travers de la bouche. Alice pivota pour faire face à son petit frère.

« Mais enfin, Clarence ! Que fais-tu avec des lunettes de soleil à l'intérieur ? »

Zoé tourna la tête. Un petit rire lui échappa.

« Si c'est pour rejoindre tes parents, p'tit gars, c'est trop tard. Ils sont sur la plage depuis belle lurette et t'es coincé ici, obligé de rester avec nous jusqu'à la fin du week-end. »

Une vague lueur de déception traversa le visage du petit garçon. Les filles n'avaient pas l'air de saisir qu'il venait de trouver l'arme idéale pour affronter toute une armée de gorgones.

« Vous ne comprenez pas ?

– Quoi donc ?

– Eh bien, Alice, mon filtre anti-gorgone ! C'est pourtant évident, non ? Et vous feriez mieux de faire de même si vous ne voulez pas finir vos jours transformées en statues !

– Hein ? laissa échapper Zoé.

– Quoi ? renchérit Alice.

– Vous aviez l'intention de vous battre avec quoi exactement ?

– Nous... battre ?

– Ben oui, contre les gorgones ! Y en a plus d'un avant vous qui y a laissé la peau.

Mais pas moi ! Au moins, je prends les devants, voilà ! »

Alice finit par comprendre de quelles gorgones son petit frère avait peur. Elle donna un coup de coude à Zoé et prit soudain une voix légèrement mielleuse.

« Oh mais oui, bien sûr, tu as raison, Clarence ! Heureusement que tu y as pensé... Sinon nous nous serions retrouvées figées et aurions pu finir nos jours dans l'une des vitrines à côté des autres animaux, sans que personne sache ce qui nous était arrivé ! Excellente idée, Clarence, vraiment ! »

Zoé écarquilla les yeux. Elle était sur le point de demander à son amie de quoi il était question exactement lorsque Alice lui fit discrètement un clin d'œil. Sans comprendre davantage, elle se tut, attendant de savoir ce qu'Alice allait dire à son petit frère dissimulé derrière ses verres teintés.

« Va donc nous chercher deux autres paires pour que tout le monde soit bien armé, tu veux ? Ensuite, nous nous mettrons en route. Zoé nous a demandé de ne pas trop traîner pour avoir une chance de les attraper vivantes. »

Clarence se raidit dans son pyjama.

« Je... j'y vais... Je prends les blousons aussi ?

– Je m'en charge. On se retrouve devant la porte d'entrée dans trois minutes. Et – *surtout* – reste très discret. Emma ne doit pas se rendre compte que nous sommes sortis, OK ?

– OK ! »

Zoé replia son plan en silence et le glissa dans la poche arrière de son pantalon. Une fois Clarence sorti du grenier, elle se tourna vers Alice :

« Tu comptes nous faire traverser la ville tous les trois en lunettes noires ?

– C'est le seul moyen de lui faire croire qu'il n'y a aucun danger. Sinon il risque soit de moufter auprès d'Emma, soit de nous faire une crise une fois arrivés là-bas. Tu verras, ce sera beaucoup plus efficace que de lui expliquer que les gorgones ne sont pas tout à fait les monstres dessinés dans son livre de légendes... »

— Chapitre 5 —

QUELQUES LIEUES SOUS LES MERS

Emma avait toujours les yeux rivés sur ses écrans, du rap à fond dans les oreilles, lorsque les trois enfants refermèrent la porte d'entrée de l'appartement et prirent la direction du muséum-aquarium de la ville. Clarence avait enfilé un blouson orange par-dessus son pyjama, son chinchilla glissé dans une des poches ; Alice et Zoé étaient restées en jeans et baskets. Cachés derrière leurs lunettes noires, ils remontèrent à vive allure les quelques rues qui les séparaient du muséum.

Une fois les trois enfants arrivés devant l'établissement, Zoé vit immédiatement que la camionnette de livraison avait été déplacée. Elle était maintenant garée à l'intérieur du jardin botanique qui se trouvait à l'arrière du bâtiment. Zoé passa la grille et entraîna ses amis à sa suite. Si l'homme était entré par là, il était sans doute plus facile de le suivre que de tenter de passer par l'entrée principale.

Ils s'avancèrent entre les allées de buis qui dessinaient des formes géométriques sur le sol. Un escalier en colimaçon métallique montait dans les étages. Légèrement au-dessous du niveau du sol, une serre avait été installée. Zoé pressentit aussitôt qu'il s'agissait là d'un point d'entrée parfait.

Elle longea le mur de la bâtisse, passa à proximité d'une maison à insectes et se glissa sous l'escalier de fer. Tout juste ! L'un des panneaux de verre de la serre était mal fixé. Elle le tira doucement vers elle, créant une ouverture suffisamment grande pour laisser passer trois enfants menus et un chinchilla endormi.

Le muséum-aquarium était désert. L'heure de fermeture au public avait sonné quelques minutes auparavant. Les enfants passèrent sans un bruit d'une pièce à l'autre, leurs lunettes de soleil toujours posées sur le bout du nez. Ils arrivèrent bientôt dans le hall d'entrée. Il n'y avait personne derrière le guichet d'accueil. Un escalier partait dans les étages. De nombreux bois d'animaux avaient été accrochés pêle-mêle au mur, comme autant de trophées de chasse. Clarence réajusta les bretelles de son sac à dos pour se donner une contenance ; il n'avait pas pensé à prendre son pistolet à eau. Celui-ci aurait pu lui être fort utile en cas d'attaque inopinée...

Zoé et Alice examinèrent rapidement les lieux pour décider quelle direction prendre. Le muséum ressemblait à un gros paquebot posé sur des cales invisibles en plein cœur de la ville. Au rez-de-chaussée, deux ailes partaient à droite et à gauche du hall d'entrée, et abritaient tous les aquariums. Ces derniers, alignés les uns à la suite des autres, faisaient penser à de toutes petites cabines conçues spécialement pour les espèces marines.

Les animaux naturalisés se trouvaient à l'étage, comme exposés sur le pont du navire, protégés des vents marins par leurs vitrines de verre. Une structure arrondie en plâtre formait une sorte de passerelle ou de timonerie, prête à accueillir tous les instruments de navigation pour manœuvrer le paquebot sous les ordres d'un commandant fantôme.

« Nous devrions commencer par regarder si l'homme est allé déposer son colis du côté des aquariums… » proposa Zoé.

Sans attendre la moindre confirmation, Clarence s'enfonça dans l'une des ailes. Sur la droite, plusieurs aquariums en enfilade se succédaient. Dans le premier, deux rascasses volantes semblaient danser le flamenco dans des robes à pois noirs. Un peu plus loin, des poissons-clowns jouaient à cache-cache au milieu d'anémones orangées qui faisaient onduler leurs tentacules comme autant de doigts cherchant à attirer à elles les visiteurs. Un frisson parcourut le dos de Clarence. Il savait ces tentacules remplis d'un poison urticant et donc dangereux. Le couloir devenait de plus en plus sombre, à peine coloré par les espèces rose et orange rangées dans les bacs. Des poissons à stries, d'autres mouchetés, d'autres encore monochromes zigzaguaient à travers les coraux.

Clarence tenta de déchiffrer rapidement les noms des espèces dans l'aquarium : poi... sson... pa... pi... llon..., poi... sson... porc... é... pic. Il écarquilla les yeux pour être sûr qu'il ne s'était pas trompé, cherchant du regard les espèces en question. Le poisson qui le fixait derrière la vitre avait bien une grosse tête et des yeux globuleux mais ne ressemblait ni à un papillon ni à un porc-épic ! Il parcourut l'aquarium des yeux à la recherche d'autres spécimens pour voir s'ils avaient eux aussi été victimes d'une quelconque greffe avec une autre espèce.

Zoé comprit instantanément ce qui intriguait le petit garçon.

« Et tu as ici un poisson-lion, Clarence ! Attention ou il pourrait rugir en te voyant ! »

Clarence se retourna. Zoé était postée devant l'un des aquariums qu'il avait déjà observé. Comment aurait-il raté un tel spécimen ? Il rebroussa chemin. Les deux danseuses de flamenco poursuivaient leur danse derrière la vitre sans se soucier le moins du monde des enfants.

« Bah ! Ça n'a rien d'un poisson-lion !

– C'est pourtant comme ça qu'on appelle les rascasses volantes...

– Les quoi ? »

Clarence se demanda s'il était vraiment possible de voler dans l'eau et se dit que Zoé se moquait une nouvelle fois de lui.

Il tourna les talons et repartit à l'autre bout de l'aile. Il venait sans doute d'atteindre le centre du navire : des aquariums plus petits en forme de hublots invitaient les passants à jouer aux curieux. Il se hissa sur la pointe des pieds pour voir ce que ces petits aquariums recélaient. Les poissons manipulaient-ils des mini-gouvernails pour faire avancer la machine ?

Il ne rêvait pas ! Des bouquets d'espèces roses, blanches et vertes semblaient plantés dans le sable, les tentacules gorgés d'eau de mer comme des boutons de roses ou de pâquerettes. Ces poissons-là vivaient dans un monde complètement psychédélique. D'ailleurs, un tout petit animal bleu et violet sortit du massif à ce moment précis. Le bout de sa queue était marbré de rouge. Clarence se rapprocha de la vitre. Le petit poisson nageait droit dans sa direction. Ses yeux bleus étaient complètement opaques, comme deux boutons en plastique enfoncés dans les orbites.

« Venez voir ! cria-t-il à Alice et Zoé. J'ai trouvé un poisson-zombie ! »

Les filles arrivèrent en courant. Zoé regarda de près l'espèce qui nageait dans l'aquarium.

« Oh ! Il est moins marrant que celui à quatre yeux...

– Quoi ? Un poisson à quatre yeux ?

– Tu as bien entendu, Clarence. File donc regarder au fond de l'autre galerie. Il y en a des dizaines. Il te suffit de dépasser les pommes de pin et les concombres ; ils sont avec les poissons-lunes et les poissons-hérissons, je crois. »

De plus en plus étonné, Clarence repartit sans attendre au fond de l'autre couloir, à la recherche des poissons à quatre yeux.

Mais à peine était-il arrivé à proximité qu'un bruit de porte parvint jusqu'à ses oreilles. Quelqu'un venait d'entrer au rez-de-chaussée ! Il fit quelques pas en arrière pour vérifier s'il pouvait rejoindre sa sœur discrètement. Impossible ! Deux hommes avançaient dans le couloir.

Les deux personnages se postèrent face à l'un des premiers aquariums et se mirent à discuter.

« Et voici pour le convoi spécial. J'espère qu'elle se plaira ici. On dirait qu'elle a déjà l'air de bien s'adapter.

– On aimerait bien y croire. Chaque fois que nous rajoutons une nouvelle gorgone ici, elle ne reste jamais bien longtemps en vie. C'est comme si celle qui est déjà là faisait la loi dans l'aquarium, éliminant un à un ses ennemis dès qu'on les plonge dans le bac. »

À ces mots, Clarence sentit ses jambes se dérober sous son buste. Il y avait donc des gorgones à quelques mètres de lui ? Il se força à garder tout son calme pour écouter la suite de la conversation.

« Vous avez déjà fait l'expérience ?

– Au moins quatre fois. Toutes nos nouvelles gorgones ont fini desséchées, mises en bocaux et exposées sur une étagère là-haut, à défaut de prospérer ici. Nos correspondants prennent des risques inconsidérés pour nous aider mais il doit y avoir une malédiction. Cette gorgone-ci a peut-être des super-pouvoirs ! »

Clarence tenta de s'étirer un peu pour voir s'il apercevait la créature en question. Il était pourtant passé à proximité de l'aquarium tout à l'heure. Il n'aurait sûrement pas pu manquer d'apercevoir le monstre de son livre de légendes, même plongé dans l'eau… Il se repassa mentalement les aquariums un à un. Dans l'un d'entre eux, il avait cru voir de petites anguilles pointer leur tête hors du sable. Avait-il pu les confondre avec les serpents d'une gorgone, la tête enfouie dans le sable ?

Les deux hommes avaient le nez collé à la vitre. Ils ne semblaient pas du tout terrifiés par la créature maléfique. Le petit garçon réajusta ses lunettes noires sur son nez, au cas où. Comment faisaient-ils pour ne pas se faire pétrifier par la bête ?

« Oh là, regarde donc ! s'écria tout à coup l'un des deux hommes.

– C'est incroyable ! Mais... mais... », bafouilla l'autre.

Clarence n'attendit pas son reste. Un escalier partait dans son dos. Il fit volte-face et grimpa les marches pour s'éloigner aussi vite que possible du danger.

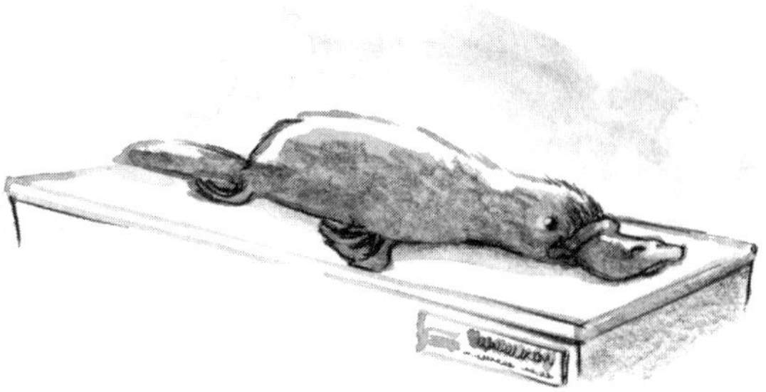

— Chapitre 6 —

POISSONS-ÉPINGLES

L'escalier menait au premier étage du muséum. Clarence n'avait qu'à peine eu le temps de jeter un œil au plan du muséum que Zoé avait dessiné, mais il savait que son seul espoir de retrouver les filles, restées dans l'autre aile du muséum, était de traverser le premier étage pour reprendre l'escalier central qui menait à l'accueil et les rejoindre ainsi en évitant de croiser les deux inconnus, sans doute maintenant changés en statues par la gorgone maléfique.

Au premier étage, il tomba nez à nez avec un ornithorynque désespérément agrippé à une planche, comme pour ne pas glisser au sol. À ses pieds, un porc-épic semblait faire le gros dos, juste au cas où l'ornithorynque finirait par lui tomber dessus. Clarence se hâta de traverser la galerie en évitant de croiser le regard des tigres, hyènes et ours qui se trouvaient juste à côté.

Au milieu de l'espace, un crâne de dinosaure *T.rex* trônait la gueule ouverte. Clarence se dirigea vers les mammifères marins sagement assis sur leur socle. Un crocodile paraissait lorgner du coin de l'œil un phoque qui se reposait discrètement derrière un énorme morse. Ces deux-là ne devaient pas souvent se faire la conversation ! Clarence se demanda un instant sur quelle île les phoques et les crocodiles pouvaient bien cohabiter, lorsqu'il s'aperçut qu'un orang-outan le fixait du regard, les bras tranquillement accrochés à une branche. Il décida de ne pas trop traîner dans la galerie.

Un peu plus loin, des poissons bien plus gros que ceux qu'il avait vus dans les aquariums du rez-de-chaussée avaient été épinglés au mur. L'un d'entre eux, la gueule tout aussi ouverte que le *T.rex*, laissait voir plusieurs rangées de dents bien pointues. En passant, Clarence crut déchiffrer le mot « alligator » sur l'étiquette au-dessous, mais il poursuivit sa route en essayant de se convaincre qu'il avait encore une fois mal lu. Il savait assurément que les alligators n'avaient pas cette tête-là. À moins qu'il ne s'agisse encore une fois d'un croisement fou entre plusieurs espèces. Après ce qu'il avait vu en bas, il pouvait s'attendre à tout.

Il avança encore un peu dans la galerie. D'étranges squelettes étaient suspendus au-dessus de sa tête.

Soudain, une phrase que l'un des deux hommes avait prononcée lui revint en mémoire : les gorgones finissaient desséchées et mises en bocaux à cet étage-là. La perspective de croiser une gorgone enfermée dans un bocal en verre n'était pas sans lui déplaire. Au moins, elle ne pourrait plus rien contre lui ! Et il pourrait admirer de plus près et sans danger les centaines de serpents plantés sur sa tête.

Il décida de ralentir la cadence un tout petit peu et chercha du regard quelque bocal en verre. Seuls des oiseaux de différentes tailles et couleurs se trouvaient face à lui. Un peu plus loin, accrochée au mur de droite, une étoile de mer géante occupait tout l'espace. Il y avait bien un drôle de spécimen dans un bocal juste au-dessous. Clarence se rapprocha et essaya de déchiffrer l'étiquette : « Cra... chat... crachat d'a... mi... ral. » Crachat d'amiral ? Pourquoi diable gardent-ils des choses aussi dégoûtantes dans les musées ? Il laissa tomber son regard sur la chose en question, blanchâtre, qui flottait dans un liquide.

« Beurk ! Je ne sais pas ce que l'amiral a bien pu avaler pour cracher un truc pareil. En tout cas, ça ne ressemble guère à une gorgone. »

Son regard balaya à peine les oursins-crayons juste à côté – certainement fort utiles pour qui souhaiterait écrire sous l'eau – et le concombre de mer destiné sans doute à agrémenter les salades d'été. Car la vitrine d'à côté contenait de quoi épater le petit garçon. Plusieurs grosses bêtes étaient accrochées, le ventre contre le mur et les pattes, nombreuses, bien écartées. Il frémit un instant en s'imaginant devoir lutter contre des araignées sous-marines de cette taille. Il décida d'oublier complètement le métier de scaphandrier qu'il avait pourtant mis sur sa liste à l'école. Il valait mieux rester sur terre. Ou alors astronaute : aucun risque de croiser des araignées volantes dans l'espace.

Sur une étagère un peu plus bas, de plus petits flacons gardaient précieusement quelques spécimens. Clarence fut d'abord surpris de la taille des flacons.

« Ils n'ont tout de même pas réussi à fourrer une gorgone entière dans un bocal si petit ? »

Les étiquettes sur le haut des flacons avaient jauni avec le temps et Clarence en déduisit que les espèces enfermées devaient y être depuis bien des années. Peut-être avaient-elles rétréci avec les siècles ?

Soudain, il crut apercevoir une chevelure dans le haut d'un des flacons sur l'étagère supérieure. Celle-ci était blanche et épaisse. La gorgone avait dû être âgée de quelques centaines d'années lors de sa capture, comme les sorcières et les mégères de ses histoires à dormir debout. Il se rapprocha de la vitrine.

Une *méduse œuf au plat*, verdâtre, était posée sur une étagère à côté, sagement enfermée elle aussi dans un plus petit bocal. Interloqué, il se mit à lire toutes les étiquettes sur les bocaux. Était-il possible que les gorgones et les méduses ne soient que ces créatures marines à l'air, somme toute, totalement inoffensif ?

Un peu plus loin, une chevelure, un peu plus effilée que la précédente, attira son regard. Il s'agissait assurément d'une autre gorgone, tout aussi desséchée que la première. À côté de l'énorme éponge à l'arrière, elle ne faisait certainement pas le poids. Son corps paraissait fait de petits filaments frêles et fragiles et, surtout, la créature n'avait pas de tête et ne pouvait donc pétrifier personne !

— Chapitre 7 —

DERRIÈRE LES AQUARIUMS

Entretemps, face à l'arrivée des deux hommes, Zoé et Alice n'avaient eu comme solution que de se cacher dans le premier recoin qu'elles avaient trouvé. Zoé avait reculé de plusieurs pas dans la galerie et tiré presque par hasard sur une porte à peine visible sur le côté des aquariums. Celle-ci n'avait même pas grincé, s'ouvrant sur un étroit passage. Les murs y étaient peints en bleu et tout un système de tubes et câbles était relié à d'immenses réservoirs du même bleu que les murs. Un étrange bourdonnement arriva jusqu'aux oreilles des filles.

Zoé grimpa sur la première marche qui permettait d'accéder au couloir.

« Vite ! Dépêche-toi, Alice. Cachons-nous ici !

– Mais qu'est-ce que c'est que cet endroit, Zoé ? »

Alice était peu rassurée. Le passage était fort exigu et le bruit des moteurs donnait l'impression que les filles étaient en train de s'enfoncer dans la cale d'un bateau.

« Nous n'avons pas vraiment le choix. Viens donc ou nous allons nous faire prendre ! »

Alice posa un pied sur le marchepied et grimpa à son tour.

« Regarde. Nous sommes juste derrière les aquariums. Et le bruit qu'on entend est celui de la ventilation. Il n'y a rien à craindre ; nous sommes en sécurité. Ils ne viendront certainement pas nous chercher ici. »

Alice eut une pensée pour son petit frère. Et s'il s'était fait prendre ? Qu'allaient dire les parents s'ils apprenaient leur escapade ?

Zoé sembla lire dans les pensées de sa meilleure amie.

« Ne t'inquiète pas pour Clarence. Il y a un escalier au bout de la galerie où il se trouvait. S'il n'a pas laissé ses yeux dans sa poche, il aura mémorisé le plan que j'avais préparé et pourra faire le tour du musée pour nous rejoindre par l'escalier central. Suis-moi. Si mes souvenirs sont bons, ce couloir doit mener lui aussi à l'accueil. Nous devrions pouvoir traverser toute l'aile gauche du rez-de-chaussée, ni vu ni connu. On pouvait difficilement imaginer plus ingénieux pour circuler incognito, tu peux ôter tes lunettes noires ! »

Zoé avança à vive allure le long du couloir, et Alice n'eut d'autre choix que de la suivre. Zoé avait déjà atteint le bout du passage. Elle poussa délicatement la porte qui menait directement devant l'entrée de l'établissement. Elle passa la tête et leva les yeux en direction de l'escalier.

Elle avait vu juste : Clarence arrivait droit vers elles ! Il avait bien compris comment passer par-derrière pour redescendre de ce côté-ci.

Zoé lui fit un signe de la main. Clarence descendit les marches deux par deux sur la pointe des pieds. Une fois arrivé devant le comptoir de l'accueil, il se baissa pour ne pas se faire repérer, puis fila ventre à terre jusqu'à la porte que Zoé tenait entrebâillée. Il grimpa les deux petites marches en vitesse pour rejoindre les filles ; Zoé referma instantanément la porte sur lui.

« Bien joué, Clarence ! J'étais sûre que tu saurais nous retrouver !

– Je ne suis pas né de la dernière pluie, tout de même ! répondit le petit garçon, qui avait rapidement effacé de sa mémoire ses dernières frayeurs. Et en plus, j'ai trouvé les gorgones ! »

La remarque de Clarence pétrifia Zoé de curiosité.

« Ah bon ? Et où donc ?

– Vos deux types, là, sont sûrement restés coincés dans leur couloir, changés en statue. Ils ne savent pas s'y prendre avec ces créatures. Mais moi, qui suis bien plus malin, j'ai trouvé où étaient stockées des gorgones désormais totalement inoffensives !

– C'est… à… dire ?

– C'est-à-dire que certaines d'entre elles ont été placées en bocaux et exposées sur les étagères du premier étage. Et je ne vous dis même pas la tête qu'elles font ! »

Clarence, qui n'avait maintenant plus du tout peur des créatures marines du premier étage, roulait des mécaniques sans aucune retenue. Pour une fois qu'il pouvait impressionner Zoé ! Mais un détail dans ce que le petit garçon venait de dire chiffonna tout à coup Zoé.

« Tu veux dire que les deux types, là, ont été pétrifiés dans le couloir d'à côté ? »

Si le frère d'Alice avait détecté le moindre lien entre les gorgones et les deux inconnus auxquels les enfants venaient d'échapper, cela signifiait que la cargaison de ce matin-là se trouvait dans l'autre aile. Les indices que Zoé recherchait devaient donc s'y trouver également. Elle reposa sa question au jeune garçon :

« Clarence, qu'as-tu vu exactement quand tu étais dans le couloir ?

– Euh… Mais… les gorgones du premier sont bien plus intéressantes !

– Clarence… ? insista Zoé.

– Ils… ils ont dit que… qu'il y avait une gorgone aux super-pouvoirs… et… et puis quelque chose s'est passé… je ne sais pas quoi… Je me suis enfui pour ne pas me retrouver pétrifié à mon tour !

– Clarence, enfin ! Ton tour au premier ne t'a donc pas appris que les gorgones appartiennent à l'ordre des coraux et n'ont rien à voir avec les monstres de ton livre de légendes ? »

Zoé venait de lâcher la phrase qui allait mettre fin à tout l'univers magique du petit garçon, peuplé de créatures fantastiques. Enfin, à première vue…

« Sauf que là, celle-ci jette apparemment des sorts à tous les autres…Va donc voir par toi-même si tu ne me crois pas ! »

Zoé sourit légèrement.

« C'est bien mon intention, figure-toi ! »

Alice tenta de raisonner son amie.

« Zoé, tu ne veux quand même pas dire que tu comptes nous envoyer droit dans les griffes des deux types là-bas, hein ?

– Et pourquoi on tomberait dans leurs griffes ? N'avons-nous pas trouvé la cachette idéale pour arriver jusqu'à eux sans nous faire prendre ? »

Alice jeta un regard autour d'elle, sans comprendre. Elle se tourna vers son amie, l'air interrogatif, en espérant qu'elle fournirait rapidement plus d'explications.

« Alice, ce passage longe l'arrière de tous les aquariums...

– Oui, et alors ?

– Eh bien, s'il y a deux ailes identiques dans ce muséum, il doit y avoir exactement le même passage de l'autre côté. Si les deux bonshommes sont toujours devant l'aquarium aux gorgones, il nous suffit d'emprunter le passage à l'arrière pour traverser et arriver jusqu'à eux sans qu'ils nous remarquent ! »

Pour une idée osée, c'était une idée osée. Se trouver pile en face des deux inconnus mais dissimulés derrière les aquariums était effectivement ingénieux.

« Et s'ils nous voient à travers la vitre ?

– Aucun risque, Alice ! L'arrière des aquariums est opaque. Ne perdons plus une seule seconde et partons voir si nous trouvons quelque chose d'intéressant là-bas ! »

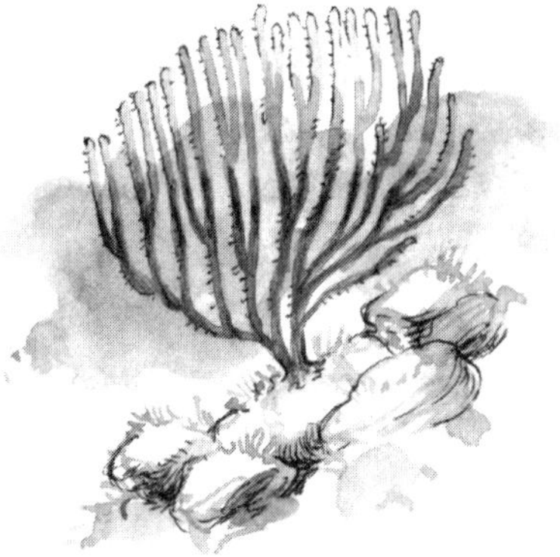

— Chapitre 8 —

L'ÉTIQUETTE EFFACÉE

Les trois enfants traversèrent le hall central sans faire de bruit. Zoé ouvrit la porte qui permettait d'accéder à l'arrière des aquariums de la seconde aile, et ils s'enfoncèrent dans le passage en silence. Le sol était fait de grilles métalliques ; il fallait faire attention à bien poser les pieds pour ne pas glisser entre les barreaux.

Clarence avançait les yeux rivés à ses chaussures, suivant avec précision chacun des barreaux.

« Regardez, qu'est-ce que je disais ? La configuration est identique à l'autre aile, dit Zoé.

Tout au fond se trouve le bassin des poissons à quatre yeux. Regarde, Clarence. Si tu montes sur le bac, tu peux voir à l'intérieur de l'aquarium. »

Clarence préféra rester à distance des créatures à double paire d'yeux et autres congénères marins.

« Où se trouvaient les deux hommes dans le couloir ? demanda Zoé.

– Au niveau des premiers aquariums, je crois, répondit Clarence avec une légère hésitation.

– Alors rebroussons chemin pour voir si on peut apercevoir quelque chose. »

Zoé, Alice et Clarence remontèrent le long de l'étroit couloir jusqu'au premier aquarium. Une fois arrivée tout au bout, Zoé monta sur la pointe des pieds pour regarder par-dessus l'aquarium. L'eau était très sombre, mais l'on pouvait distinguer plusieurs spécimens marins de couleur violette.

« Regardez ! C'est le bassin aux gorgones ! »

À ces mots, Clarence manqua d'avaler sa langue. Il n'arrivait pas à se faire à l'idée qu'il n'y avait aucun risque qu'il se retrouve face à la tête sectionnée d'un monstre aux cheveux en forme de serpents. Les deux hommes avaient tout de même parlé de malédiction, non ? Ce n'était donc pas sans danger…

« Bien joué ! Mais comment savoir lesquelles viennent d'arriver ? demanda Alice.

– Elles doivent être bien plus petites que celle sur le côté. Regarde : c'est peut-être celle-ci qui terrifie les techniciens. Elle est tellement grosse qu'aucune autre n'arrive à survivre à côté. Toutes celles qu'ils ont essayé de placer dans l'aquarium ont sûrement dû dépérir ; il ne reste que quelques minuscules morceaux de corail coincés entre les petits galets, là. C'est comme si elle les avait gobés tout crus ! La nouvelle a l'air de tenir encore le choc. Mais où donc ont-ils mis le sac dans lequel ils l'ont transportée ? »

Alice et Clarence regardèrent un instant leur amie, médusés. Pourquoi chercher un emballage alors que le spécimen qu'ils recherchaient était précisément sous leurs yeux ?

Zoé s'était agenouillée sur le sol et fouillait

tous les conteneurs à proximité. Elle tira plusieurs caissons en polystyrène et les remit en place aussitôt.

« Zoé, tu fais un vacarme d'enfer ! Ça ne te suffit donc pas d'avoir trouvé les gorgones ?

– Attends un peu... »

Zoé se dirigea vers une poubelle placée dans un coin. Elle farfouilla à l'intérieur quelques instants et en sortit soudain un sachet en plastique tout froissé. Celui-ci, resté au fond de la poubelle, était en partie mouillé. Mais une étiquette apparaissait au milieu des plis du sachet plastique. Elle le déplia, tout excitée à la vue d'une écriture qui lui était assez familière.

« J'ai trouvé ! Youpi ! Génial ! Super chouette ! Voyons voir qui a bien pu envoyer cette gorgone... »

Mais alors qu'elle dépliait le dernier coin du sachet, toute l'eau accumulée entre les plis se déversa et glissa sur le sol. Zoé ne fit même pas attention au liquide qui coulait sur son jean, puis sur le sol, se déversant entre les barreaux des grilles. Elle essuya du revers de la main le reste de liquide sur le sachet pour le sécher. Malheureusement, l'encre, humidifiée par l'eau, se mit à couler à son tour. Zoé sentit son cœur manquer un battement. Les lettres ne formaient plus qu'un petit filet bleuté qui ruisselait lentement dans le creux du sachet plastique. L'étiquette n'était plus du tout lisible.

Seule la dernière ligne permettait encore de distinguer quelques traces de la ville d'expédition. Zoé se pencha sur les lettres qui disparaissaient les unes après les autres pour tenter de lire quelque chose.

« ... la... gi ? U... lagi ? »

Bientôt il ne fut plus possible de déchiffrer la moindre lettre. Quelques secondes à peine avaient suffi à faire disparaître toute l'encre. Zoé sentit une boule se former dans sa gorge. Ses chances de savoir si ses parents avaient pu envoyer cette gorgone venaient de s'évanouir.

Les quelques lettres qu'elle avait pu lire continuèrent de tourner encore quelques instants dans sa tête.

Alice la tira brusquement de sa réflexion.

« Si on m'avait dit que je viendrais arpenter le muséum pour un sac plastique...

– Alice, ce n'est pas n'importe quel sac en plastique... C'est... »

À ce moment-là, Clarence poussa un cri aigu.

« Aïe ! »

Alice et Zoé se retournèrent. Clarence était penché, le bassin en avant, son chinchilla en équilibre sur son épaule droite, juste au-dessus d'un aquarium. Il venait manifestement de plonger la main dans l'eau, sans doute pour toucher les poissons du doigt.

« Mais enfin, Clarence ! s'exclama Alice.

– Elle m'a piqué ! Elle m'a transpercé ! Je suis sûr qu'elle m'a injecté tout son venin ! Je ne pourrai bientôt plus bouger du tout ! Ah ! Elles ont bien réussi à m'avoir, hein ? »

Alice se précipita vers son petit frère. Celui-ci tendait le bras en l'air ; sa main arrivait à peu près au niveau de la tête d'Alice. Elle jeta un œil.

« Tu as dû mettre la main sur des oursins. Quelle idée de la plonger dans l'aquarium !

– Je suis sûr que ce ne sont pas des oursins ! C'est un coup de la gorgone. Elle m'a pétrifié en m'inoculant son venin ! Je vais me durcir de la tête aux pieds ! Je suis condamné à rester à jamais enfermé avec ces monstres ! Oh, Alice… aide-moi… je ne veux pas rester tout seul ici ! Alice… Maman… »

Clarence se mit à pleurnicher bruyamment. S'il continuait comme cela, il finirait par attirer l'attention sur eux. Zoé lui plaqua la main contre la bouche pour le faire taire. Mais la douleur était trop intense pour le petit garçon, dont la main commençait à rougir et enfler.

« Elle m'ont puni, Alice… Elles ont cherché à me punir parce que je me suis moqué d'elles…, lâcha-t-il.

– Mais non, répondit sa sœur. Ce ne sont que des piquants d'oursins. Nous allons rentrer à la maison pour les enlever. Mais en attendant, tâche d'arrêter de pleurer pour que nous puissions sortir d'ici sans nous faire attraper. C'est entendu ? »

Entre l'idée de continuer à pleurer – et de se faire plaindre par les filles – et celle de s'éloigner de la créature maléfique qui venait de lui planter son venin dans la peau de ses crocs acérés, Clarence choisit sans hésiter de mettre un terme à ses pleurs. Il ferait tout ce qui pourrait l'éloigner de cet aquarium ensorcelé.

Ravalant ses larmes, il essuya ses joues du seul bras qu'il pouvait encore remuer et attrapa son chinchilla par la peau du cou pour le remettre en sécurité dans sa poche. S'ils devaient sortir d'ici, il ne faudrait pas que l'animal leur échappe au dernier moment.

Une fois calmé, Clarence fit un signe de tête aux filles, qui remontèrent le couloir sur la pointe des pieds pour retourner au niveau de l'accueil. Les deux inconnus devaient toujours se trouver devant l'aquarium aux gorgones. À moins qu'ils n'aient véritablement été pétrifiés. Dans tous les cas, aucun bruit de pas ne remonta jusqu'à eux au moment où les trois enfants traversèrent le hall central pour rejoindre la serre par laquelle ils étaient rentrés. En quelques minutes à peine, ils se retrouvèrent dans le jardin botanique à l'arrière du muséum-aquarium. Zoé repoussa le panneau de verre derrière elle pour sceller le passage qu'ils venaient d'emprunter et éviter ainsi que des inconnus mal intentionnés ne s'introduisent à leur tour dans l'établissement.

Elle fit quelques pas dans le jardin, le regard un peu perdu au milieu des parterres de fleurs. Son amie l'observa quelques instants sans rien dire. Puis elle passa son bras autour de celui de Zoé, l'attira vers elle et lui glissa à l'oreille.

« Ne sois pas trop déçue, Zoé ! Il n'y a aucune malédiction. Tu finiras bien par trouver le bon indice ! Mais d'ici là, un long week-end avec Emma nous attend. Et nous allons pouvoir faire la fête toute la nuit dans le grenier ! »

Alice avait sans doute raison. Zoé chassa sa déception de son esprit et les trois enfants, lunettes de soleil enfoncées sur le nez, prirent le chemin du retour, préparant à voix haute la liste de toutes les bêtises qu'ils allaient pouvoir faire au cours du week-end, au vu et au su de leur baby-sitter préférée...

FIN

Pour en savoir un peu plus…

SCIENCE ET LÉGENDES

Les Maléfices de la gorgone aborde les liens entre des espèces marines et certaines légendes, telles les gorgones et les méduses, qui appartiennent au groupe des cnidaires et dont le nom rappelle les créatures fantastiques de la mythologie grecque. En jouant sur les noms que l'on donne aux espèces, l'histoire touche aussi indirectement à la classification des espèces. Si une espèce est un groupe d'êtres vivants présentant des ressemblances, capables de se reproduire entre eux et dont la descendance sera elle aussi interféconde, le récit s'amuse de la classification des êtres vivants en faisant découvrir à nos jeunes héros des espèces marines qui portent le nom d'une espèce lointaine à laquelle elles ressemblent : par exemple, les poissons-lions, ou rascasses volantes, dont les épines dorsales peuvent faire penser à la crinière d'un lion, ou les poissons porcs-épics qui peuvent évoquer le porc-épic ou le hérisson avec leurs piquants.

Dans ces cas-là, il n'y a bien sûr aucun lien de parenté entre les espèces, mais le nom vernaculaire, ou nom commun – souvent bien plus imagé que le nom scientifique – permet de les reconnaître et de les mémoriser plus rapidement.

Une espèce (ou taxon) peut avoir plusieurs noms vernaculaires : la rascasse volante, le poisson-lion ; le poisson porc-épic, le hérisson des mers.

LE MUSÉUM-AQUARIUM DE NANCY

Les Maléfices de la gorgone se déroule au muséum-aquarium de Nancy. À la fin du XIXe siècle, le biologiste Lucien Cuénot est le directeur du cabinet d'histoire naturelle de Nancy. C'est sous son impulsion qu'en 1933 un nouveau bâtiment est construit par l'architecte Jacques André pour accueillir uniquement les collections de zoologie. À partir de la fin des années 1960, des aquariums tropicaux sont installés sur l'ensemble du rez-de-chaussée du bâtiment.

Le muséum-aquarium présente ainsi une grande diversité animale : des animaux vivants aquatiques (principalement des poissons associés à de nombreuses espèces de non-vertébrés comme la gorgone) et des collections zoologiques représentatives de l'ensemble du règle animal. Le jardin botanique Dominique-Alexandre-Godron, créé au XVIIe siècle et situé à l'arrière du muséum-aquarium de Nancy, est le premier jardin botanique de Nancy.

QU'EST-CE QU'UNE ESPÈCE ?

C'est un ensemble d'individus vivants qui se ressemblent, sont capables de se reproduire entre eux et dont la descendance pourra elle aussi se reproduire.

QU'EST-CE QU'UN TAXON ?

Il s'agit de l'unité qui sert à regrouper les organismes vivants que l'on cherche à classer. Le taxon peut être plus ou moins large ou plus ou moins restreint selon le niveau de la classification (classe, ordre, famille, genre, espèce). Ainsi, les poissons et les hommes font partie des vertébrés et partagent donc certains caractères, mais ils n'appartiennent ni à la même classe, ni au même ordre, ni à la même famille, ni au même genre ni à la même espèce. En revanche, la truite et le saumon sont deux taxons (ici, espèces) qui font partie de la famille des Salmonidés et qui appartiennent au même genre.

DRÔLES DE NOMS...

• **La rascasse volante** est aussi appelée poisson-lion. C'est une espèce très venimeuse. Elle appartient à la famille des *Scorpaenidae*. On en trouve surtout dans le bassin indo-pacifique. L'espèce n'ayant pas de prédateurs (à l'exception, peut-être, des requins et des hommes), elle tend à proliférer dans certains endroits où elle a été introduite par l'homme, comme dans les Caraïbes, et à déséquilibrer l'écosystème. On parle alors d'une espèce invasive.

• **Le poisson-clown** est fréquemment orange et noir, avec parfois des bandes blanches, et mesure une dizaine de centimètres en moyenne. Il vit dans les récifs coralliens de la zone indo-pacifique. Il est connu pour les relations qu'il entretient avec les anémones de mer : une des hypothèses qui expliqueraient cette relation particulière est qu'il s'immunise contre le poison contenu dans les tentacules des anémones grâce à un liquide gluant sur son corps (appelé mucus) qui le protège, restant ainsi à l'abri des prédateurs. En retour, il débarrasse l'anémone des déchets de poissons qu'elle a mangés.

• **Le poisson-papillon** : ce nom vernaculaire (ou nom commun) désigne plusieurs espèces de poissons marins et d'eau douce dont les couleurs et les formes peuvent faire penser à un papillon. En effet, comme les papillons, les poissons-papillons ont des taches arrondies sur le corps (que l'on appelle « ocelles »), qui peuvent servir à intimider les prédateurs ou à se camoufler.

• **Le poisson porc-épic**, ou **diodon**, est un poisson qui gonfle lorsqu'il se sent en danger, laissant sortir ses piquants. On l'appelle aussi le « poisson-hérisson » ou « hérisson des mers ».

• **Le poisson à quatre yeux** se trouve habituellement dans les mangroves (des marais maritimes) d'Amérique du Sud. Ses yeux placés sur le dessus de la tête, comme ceux d'une grenouille, émergent en partie de l'eau. Les yeux sont en fait divisés en deux horizontalement, ce qui lui permet de voir à la fois au-dessus de l'eau et en dessous.

• **Le poisson pomme-de-pin** est un animal nocturne que l'on trouve sur les côtes australiennes. Les écailles qui le recouvrent peuvent faire penser à une pomme de pin (ou un ananas). Il possède également une poche sous l'œil qui contient des bactéries qui produisent de la lumière : ce phénomène s'appelle la bioluminescence.

• **Le poisson-lune**, aussi appelé « môle », a une grosse tête et n'a pas de nageoire caudale classique, ce qui lui donne une forme ronde qui peut rappeler la lune. Il mesure en moyenne deux mètres pour un poids d'une tonne et se nourrit principalement de méduses. On le trouve dans les eaux tropicales et tempérées. On peut parfois le voir prenant des bains de soleil à la surface de l'eau.

• **Le garpique alligator** est un poisson qui peut mesurer jusqu'à trois mètres de long et peser près de 140 kilos. Sa forme et les écailles dont son corps est recouvert évoquent un alligator. On le trouve dans les États du sud des États-Unis ou au Mexique. L'espèce est aujourd'hui menacée d'extinction.

• **L'oursin-crayon** est une espèce d'oursin tropical aux couleurs vives dont les piquants (appelés aussi « radioles ») épais, qui atteignent parfois 10 cm, ressemblent à des crayons. On les trouve dans le bassin indo-pacifique, notamment sur les récifs coralliens.

• **La méduse œuf-au-plat** est un animal que l'on trouve principalement en Méditerranée et dont la forme de l'ombrelle ressemble à un œuf cuit au plat.

• **Le crachat-d'amiral** est en fait une étoile de mer.

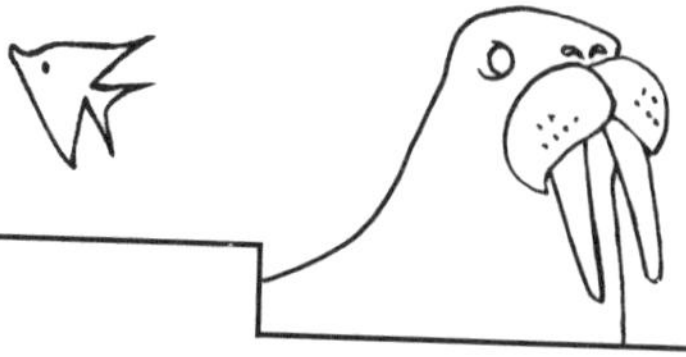

Retrouve les aventures de Zoé,
Alice et Clarence dans les autres titres
de la série ENQUÊTES AU MUSÉUM.

Le Mystère des oiseaux sans pattes
L'Île aux monstres
Au pays des oiseaux qui ne volent pas
À la recherche du nénuphar géant
Le Papillon du bout du monde
Dans l'œil du cyclope
En piste, Punch !
Le Collectionneur de sirènes

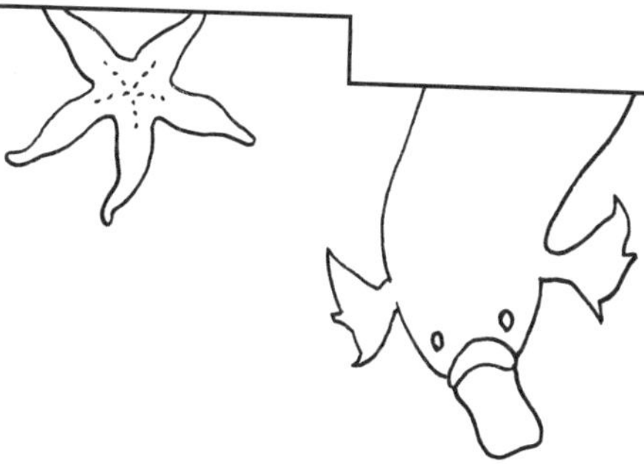

M

Éditions Plume de carotte
28, impasse des Bons-Amis, 31200 Toulouse
E-mail : contact@plumedecarotte.com
Site : www.plumedecarotte.com

Textes : Laurence Talairach
Dessins : Titwane
Création graphique de la couverture :
Thibault Chignaguet et Titwane
Mise en page : Catherine Racine (Plume de carotte)
Correction : Claire Debout

Un grand merci à la Conférence permanente des muséums de France, ainsi qu'à Francis Duranthon, directeur du Muséum d'histoire naturelle de Toulouse

Dépôt légal : janvier 2018
ISBN : 978-2-36672-140-9

Imprimé par Laballery, à Clamecy (58), France, décembre 2017

Numéro d'impression : 712216

Depuis 2008, Plume de carotte est engagée dans une démarche de qualité environnementale, sur son activité de conception et de réalisation de livres.

Ainsi, tous nos livres sont conçus et fabriqués :

- avec des papiers plus respectueux de l'environnement,
- avec des encres à base d'huile végétale,
- chez des imprimeurs situés à moins de 1 000 km de nos locaux et de ceux de notre distributeur.

Pour en savoir plus : **www.plumedecarotte.com**, rubrique « Qui sommes-nous ? »